QUERIDOS AMIGOS Y AMIGAS ROEDORES,
OS PRESENTO A

LOS PREHISTORRATONES

¡AVENTURAS DE BIGOTES
EN LA EDAD DE PIEDRA!

¡Bienvenidos a la Edad de Piedra... en el mundo de los Prehistorratones!

CAPITAL: Petrópolis

HABITANTES: ni demasiados, ni demasiado pocos... (¡aún no existen las matemáticas!). Quedan excluidos los dinosaurios, los tigres de dientes de sable (éstos siempre son demasiados) y los osos de las cavernas (¡nadie se ha atrevido jamás a contarlos!).

PLATO TÍPICO: caldo primordial.

FIESTA NACIONAL: el día del *GRAN BZOT*, en el que se conmemora el descubrimiento del fuego. Durante esta festividad todos los roedores intercambian regalos.

BEBIDA NACIONAL: Ratfir, que consiste en leche cuajada de mamut, zumo de limón, una pizca de sal y agua.

CLIMA: IMPREDECIBLE, con frecuentes lluvias de meteoritos.

caldo primordial

RATFIR

MONEDA

Las conchezuelas

CONCHAS DE TODO TIPO, VARIEDAD Y FORMA.

UNIDADES DE MEDIDA

La cola con sus submúltiplos: media cola, cuarto de cola.

Es una unidad de medición basada en la cola del jefe del poblado. En caso de discusiones, se convoca al jefe y se le pide que preste su cola para comprobar las medidas.

LOS PREHISTORRATONES

GERONIMO

Trampita

Tea

Benjamín

Pandora

Metomentodo

abuela Torcuata

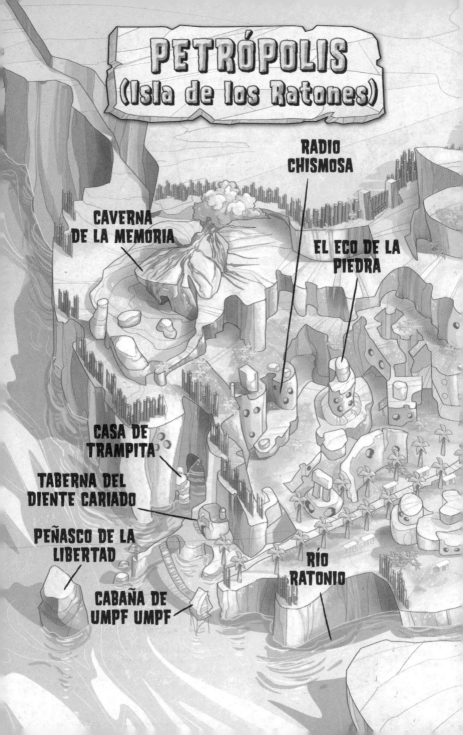

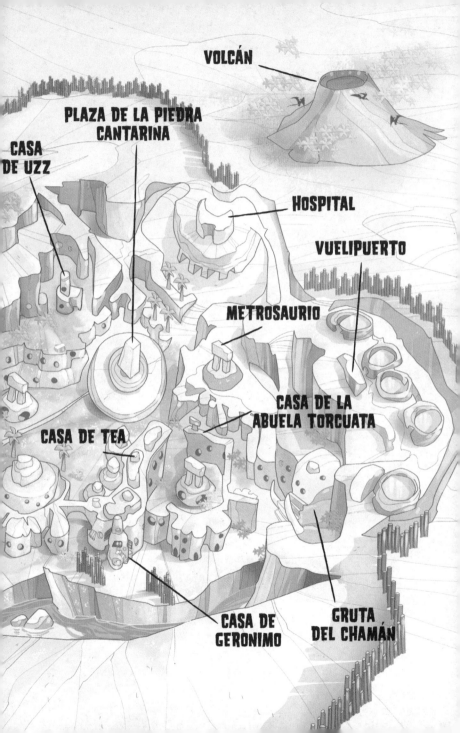

Geronimo Stilton

¡LLUEVEN MALAS NOTICIAS, STILTONUT!

Textos de Geronimo Stilton
Inspirado en una idea original de Elisabetta Dami
Diseño original de Flavio Ferron
Cubierta de Flavio Ferron
Ilustraciones interiores de Giuseppe Facciotto *(diseño)* y Alessandro Costa *(color)*
Diseño gráfico de Marta Lorini y Chiara Cebraro

Título original: *Cadono notizie da urlo, Stiltonùt!*
© de la traducción: Manel Martí, 2014

Destino Infantil & Juvenil
infoinfantilyjuvenil@planeta.es
www.planetadelibrosinfantilyjuvenil.com
www.planetadelibros.com
Editado por Editorial Planeta, S. A.

© 2012 – Edizioni Piemme S.p.A., Palazzo Mondadori – Via Mondadori 1
20090 Segrate – Italia
www.geronimostilton.com
© 2015 de la edición en lengua española: Editorial Planeta, S. A.
Avda. Diagonal, 662-664, 08034 Barcelona
Derechos internacionales © Atlantyca S.p.A., Via Leopardi 8, 20123 Milán – Italia
foreignrights@atlantyca.it / www.atlantyca.com

Primera edición: mayo de 2015
ISBN: 978-84-08-14135-8
Depósito legal: B. 7.310-2015
Impresión y encuadernación: Unigraf, S. L.
Impreso en España - Printed in Spain

El papel utilizado para la impresión de este libro es cien por cien libre de cloro y está calificado como **papel ecológico**.

Stilton es el nombre de un famoso queso inglés. Es una marca registrada de la Asociación de Fabricantes de Queso Stilton. Para más información www.stiltoncheese.com

Hace muchísimas eras geológicas, en la prehistórica Isla de los Ratones, existía un poblado llamado Petrópolis, donde vivían los prehistorratones, ¡los valerosos Roditoris Sapiens!

Todos los días se veían expuestos a mil peligros: lluvias de meteoritos, terremotos, volcanes en erupción, dinosaurios feroces y... ¡temibles tigres de dientes de sable!

Los prehistorratones lo afrontaban todo con valor y humor, ayudándose unos a otros.

Lo que vais a leer en este libro es precisamente su historia, contada por Geronimo Stiltonut, ¡un lejanísimo antepasado mío!

¡Hallé sus historias grabadas en lascas de piedra y dibujadas mediante grafitos y yo también me he decidido a contároslas! ¡Son auténticas historias de bigotes, cómicas, para troncharse de risa!

¡Palabra de Stilton,

Geronimo Stilton!

¡Atención!
¡No imitéis a los prehistorratones... ya no estamos en la Edad de Piedra!

¡CATACRAC!

Era una fantástica y tranquilísima mañana de finales de verano.

El *sol* brillaba en el cielo, las nubes pasaban ligeras, y una cosquilleante brisa hacía ondear las banderas en el puerto de Petrópolis. ¡Queridos amigos y amigas roedores, hacía un día auténticamente prehistorratónico! Toda la ciudad estaba en fiestas por el Balsazo, la carrera de balsas más célebre de la Edad de Piedra. Y yo, **GERONIMO STILTONUT**, el director de *El Eco de la Piedra*, el periódico más célebre de la prehistoria (ejem, y también el único), pensaba dedicarle una edición especial al **BALSAZO**.

Ya faltaba muy poco para que salieran las balsas, y yo **VAGABA** por el muelle a la caza de noticias.

—¡Jefe! ¡Mira ahí abajo! —dijo **SAGAZIO BAJONUT**, mi ayudante.

—¡Chissst, Sagazio, no me distraigas! ¡¡¡Y, además, no me llames **jefe**, ¿entendido?!!!

—De acuerdo, jefe, tienes razón, jefe… Pero… el tiempo está empeorando… ¡mira allí!

—¿Qué pinta el **tiempo** en todo esto? Nosotros hemos venido aquí a trabajar…

¡¡¡A TRABAJAR!!!

PERO…

¡POR MIL HUESECILLOS DESCARNADOS!

¡Sagazio tenía razón!

El cielo se había vuelto oscuro, oscuro, oscuro, unos gruesos nubarrones se desplazaban veloces, veloces, veloces, y sobre el mar se había levantado un **VIENTO** de proporciones megalíticas.

Por si eso no bastara, las corrientes marinas habían formado **REMOLINOS** profundísimos, velocísimos, peligrosísimos… ¡¡¡Justo a lo largo del recorrido del Balsazo!!!

¡POR MIL TIBIAS DE TRICERRATÓN, NUNCA HABÍA VISTO NADA PARECIDO!

Y eso que los prehistorratones estamos habitua-
dos a los cataclismos: ¡¡¡erupciones volcáni-
cas, terremotos, lluvias de **meteo-**
ritos son nuestro pan de cada día!!!
¡¡¡Pensad que los roedores de la Edad de
Piedra jamás salimos de la **caverna**
sin antes haber hecho un testamento
de urgencia, por si acaso!!!
Todos miraban el cielo, asustados por
la tormenta que llegaba. Todos salvo
Zampavestruz Uzz, el jefe
del poblado, que estaba invitando
a los equipos a prepararse para
la salida.

¡QUE EMPIECE LA CARRERA!

Al cabo de un instante, se acercó al **GONG** reservado para las grandes ocasiones.

La multitud se sumió en un silencio prehistórico. El jefe alzó la maza del gong y…

¡FIIIIUUUUU!

… una ráfaga de viento barrió las gradas y me tiró al suelo todas las losetas que llevaba para tomar notas.

¡CATACRAC!

Todos se volvieron y me miraron con expresión de fastidio.

Ejem…

Me agaché para recoger las losetas, pero un instante después…

¡FIIIIUUUUU!

Una ventolera (aún más fuerte que la primera) le arrancó la maza del gong a Zampavestruz, la hizo volar por encima de las cabezas de todos y…

¡¡¡¡PLONC!!!!

… la hizo aterrizar derechita sobre mi cocorota.

¡AYYY! ¡Qué dolor más paleolítico!

Traté de levantarme, pero…

¡FIIIIUUUUU!

… el viento me hizo perder el equilibrio, me lanzó fuera del muelle y acabé aterrizando en una **BALSA**.

Lancé un suspiro de alivio (ufff, al menos no había acabado en el agua), pero quizá, *ejem*, aún era demasiado pronto para cantar victoria.

Una **OLA** inesperada hizo volcar la balsa junto con los dos roedores que había a bordo y… un servidor.

—¡Prehistorratones al agua! —exclamó el jefe del poblado.

El equipo de **SOCORRISTAS** se lanzó inmediatamente en nuestra ayuda, mientras Zampavestruz, colorado como un pimiento, anunciaba:

—Tempestad a la vista, se suspende el Balsazooo…

¡¡¡SÁLVESE QUIEN PUEDA!!!

El premio Prehisto-Ratitzer

En cuanto volví al muelle, noté un

¡PLIC! ¡PLIC! ¡PLIC!

¡Por mil pedruscos despedregados, sólo nos faltaba la LLUVIA!

¡Yo ya estaba empapado y no tenía ningunas ganas de pescar un resfriado!

Así que me metí bajo un **cobertizo**, donde se habían refugiado otros petropolinenses. Pero allí debajo se estaba estrecho, muy estrecho, estrechísimo. ¡Tenía la rodilla de un roedor en una oreja, el **codo** de otro en el hocico, la cola de un tercero en la cabeza y los bigotes de a saber quién en un ojo!

—*Ejem…* —farfullé, al tiempo que sacaba del macuto las $\boxed{L}\boxed{O}\boxed{S}\boxed{E}\boxed{T}\boxed{A}\boxed{S}$ de reserva—. Se está estrecho aquí, ¿verdad?

Y entonces empecé a **cincelar** el artículo sobre la salida frustrada del Balsazo. Luego, di el primer martillazo y entonces **¡TOC!**, le arreé en plena rodilla a un vecino.

—¡**AAAAAY**, a ver si tiene más cuidado!

—¡Ups! Lo siento…

Volví al trabajo y, **¡TAC!**, se me escapó un golpe de cincel en la cola de otro.

—¡**AAAAAY!** Pero ¿¡¿qué hace?!?

—Yo… esto… —balbuceé.

—¡Fuera! ¡Qué prehistorratón tan fastidioso!

—¡¡¡Largo, largoo, largooo de aquí!!! —gritaron todos los demás.

Me empujaron fuera del cobertizo y…

¡PLOFFF!

… ¡aterricé en un charco!

En ese instante se oyó:

¡NOTICIA MEGAEXTRAORDINARIA!

Era la voz de Sally Rausmauz, la directora de Radio Chismosa, la emisora más grosera, deshonesta y falsa de la **PREHISTORIA**…

—¡¡¡Escuchad, escuchad!!! ¡¡¡Geronimo Stiltonut provoca un desastre y el Balsazo se suspende!!!

—¿¡¿QUÉ HA DICHOOO?!? —exclamé, muy sorprendido.

Pero… Un momento… ¡Esa noticia no era cierta! El Balsazo no se había suspendido por mi culpa. *Bueno…* ¡no sólo por **MI CULPA**, al menos! ¿¿¿Y qué había de la tempestad, el MAR EMBRAVECIDO, los remolinos, los nubarrones, el aguacero???

Pero, para mi desgracia, así es como funciona Radio Chismosa: los *GRITONES* (los pajarracos colaboradores de Sally) chillan las noticias y, a veces (mejor dicho, *siempre*), al ir de boca en boca y de pico en pico, la información cambia tanto que resulta irreconocible.

Me puse a buscar a Sagazio (a saber dónde se habría refugiado), cuando oí la voz de mi amigo Metomentodo.

—¡¡¡Geronimito!!! ¿Estás bien?

—Ejem, pues, la verd…

—Ah, no me lo digas. ¡¡¡La muy cavernícola de Sally me está reventando los tímpanos!!!

—¡¡¡Ya, no sabe qué inventarse, con tal de ganar el **PREHISTO-RATITZER**!!!

—¡¿Eh?! ¿Has dicho Prehisto… Ratitzer?

¡LLEGAN LAS INUNDACIONES!

¡LLEGA LA SOPA DE VERDURAS!

¡LLEGAN LOS TONTOS!

—Síííííí. ¡Es el **PREMIO** periodístico más importante de la prehistoria!

—Eh, eh, eh, si es como dices, ¡no puede ganarlo Sally! ¡No existe una periodista peor que ella!

—¡Ya! —suspiré—. Además, esta noche Zampa-vestruz proclamará el **VENCEDOR** y, por el momento, ¡*El Eco de la Piedra* y Radio Chismosa están empatados!

Entretanto, llegamos a la redacción de *El Eco de la Piedra*.

Para entrar en calor, tomamos dos **tazones** de Ratfir hirviendo, la bebida preferida de los prehistorratones.

¡Ah, qué delicia tan paleozoica!

Aquel caldito me estaba sentando la mar de bien, pero…

¡FIIIIUUUUU!

Cuando estaba en lo mejor, la puerta se abrió **DE PAR EN PAR**, dejando entrar una ráfaga de lluvia, junto con mi hermana Tea, que irrumpió montada sobre Gruñidito, su velocirraptor.

—¡Geronimo!
¡¡¡Tenemos un serio problema!!!

25

¡¡¡Aaachííís!!!

—A ver... **Tea**, ¿qué ocurre? —pregunté, haciéndome cada vez más pequeño pequeño pequeño... Y entonces Gruñidito, que estaba empapado de lluvia, estalló en un fragoroso **ESTORNUDO** que me alcanzó de lleno:

¡AAACHÍÍÍS!

¡OH!

AAA...
AAA...
¡¡¡AAACHÍÍÍS!!!
¡¡¡PUAJ!!!

—¡Hermanito, tenemos que encontrar una **EX-CLUSIVA** que derrote a Sally… Ella no puede llevarse el Prehisto-Ratitzer! —dijo Tea.

En realidad, el premio apenas me **preocupaba**: ¡para mí lo más importante era hacer bien mi trabajo de periodista y también ofrecer siempre noticias **VERDADERAS**, **CORRECTAS Y DOCUMENTADAS**!

Para Tea, en cambio, ganar el Prehisto-Ratitzer era algo importantísimo.

—¡Sally es una **charlatana**! —refunfuñó mi hermana—. ¡Tergiversa todas las noticias y no respeta la verdad!

—¡Tiene razón! —exclamó Sagazio, asomando entre una pila de **LOSAS**—. ¡El periodismo es un oficio serio, jefe!

—¡Sagazio! ¿Dónde te habías metido?

¡Es una lianta!

—¡¿Cómo?! Pero ¡si estaba delante de ti, **jefe**!

—¡No me llames jefe!

—¡De acuerdo, **jefe**! ¡No volveré a llamarte jefe, **jefe**!

—¡Escúchame, Ger, la situación es muy grave! —intervino Tea—. **Tenemos que hacer algo**. ¡Está en juego nuestra reputación!

Gruñidito subrayó sus palabras con un **ESTOR-NUDO** prehistórico, que me dejó los bigotes chorreando.

Ooohhh...

¡Mirad!

—**¡OOOOOOH!** —dijo Tea a continuación, tras asomarse a la ventana.

—**¡SUPERRATÓNICO!** —comentaron Sagazio y Metomentodo.

Yo también me uní a ellos, pero no me dejaban ver ni una corteza de queso. Me aupé sobre sus hombros y…

¡OOOOOOOOOOOOOOH!

Un fantástico arcoíris surcaba el cielo.

—¡¡¡POR MIL TIBIAS DE TRICERRATÓN, QUÉ ESPECTÁCULO TAN MARAVILLOSO!!!

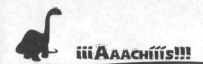

Y en ese preciso instante, la voz de Sally volvió a chillar, insoportable como un pterodáctilo con dolor de garganta.

—¡ÚLTIMA NOTICIA!
¡DESCUBIERTA EN PETRÓPOLIS LA BASE DEL ARCOÍRIS!

Tea, Sagazio y yo intercambiamos una mirada de estupefacción.

¿¡¿DESCUBIERTA... LA BASE DEL ARCOÍRIS?!?
PERO... ¿¡¿CÓMO ERA POSIBLE?!?

—¡¡¡Vaya, vaya, vaya, vamos a verlo en seguida!!!
—¡Sagazio, tú quédate aquí y prepara las losas! ¡Estaremos de vuelta en un periquete! ¡¡¡Y re-

gresaremos a casa con una **EXCLUSIVA** de bigotes!!! —dijo Tea.

Y partimos como un **RAYO** en busca de la base del arcoíris, mientras Gruñidito nos seguía entre estornudo y estornudo.

—¡POR MIL PEDRUSCOS DESPEDREGADOS!

—exclamé—. ¡¡¡Si no dejas de estornudarme encima, me encargaré personalmente de **EXTIN-GUIRTE** antes de tiempo!!!

¿NOTICIÓN O... DECEPCIÓN?

Cruzamos la **ciudad** a todo correr, pero no encontramos a nadie.

¡POR MIL HUESECILLOS DESCARNADOS!, ¿¿¿DÓNDE SE HABÍA METIDO LA GENTE???

Al final, entramos en el parque de Petrópolis y allí estaba Zampavestruz Uzz discutiendo con **Sally Rausmauz** en medio de una muchedumbre de roedores.

La voz de Sally era, naturalmente, la más... *ejem, estridente* de todas.

Sally Rausmauz

Nombre: Sally

Apellido: Rausmauz

Pintalabios: rosa paleozoico.

Carácter: pésimo.

Plato preferido: el hondo, porque cabe más comida.

Profesión: directora de Radio Chismosa, la emisora que presume de poner al límite... tu paciencia.

Aficiones: ¡chillar y conspirar contra su eterno adversario, Geronimo Stiltonut!

¡Por lo demás, sus exclusivas a golpe de chillido son capaces de PULVERIZAR diez losas de granito de golpe!

—¡En efecto! —afirmó Sally—. Según mis colaboradores —y señaló a tres roedores que tenía a su lado—, el ARCOÍRIS estaba apoyado justo encima de esta piedra. Podéis verlo con vuestros propios OJOS: cuando el arcoíris ha desaparecido, ¡sus colores han quedado impresos en la roca!

¡OOOOOOOOOOOOOOOH!

Todos parecían haber perdido el habla.

¡A Tea, Metomentodo y también a mí la cosa nos pareció muy, muuy, muuuy extraña!

A los pies de Sally había un pedrusco que parecía haber sido EMBADURNADO con colores hechos a toda prisa. En realidad, los colores aún estaban frescos…

¡QUÉ RARO!

Zampavestruz les preguntó a los tres roedores:

—¿Así que vosotros habéis visto cómo el arcoíris... dejaba sus COLORES en la piedra?

Los tres se quedaron en silencio, y entonces Sally empezó a asestarles codazos.

¡¡MUY RARO!!

Los tres se pusieron colorados como guindillas paleozoicas, hasta que finalmente recuperaron el **habla**:

—¡Ah, sí, sí, sí! ¡Estábamos *aquí*!

—¡Eso, eso! ¡Justo *allí*!

—¡Exactamente! ¡Estábamos *aquí*, *allí* y también *allá*!

¡¡¡VAMOS, RARÍSIMO!!!

¡POR MIL HUESECILLOS DESCARNADOS, LOS ESBIRROS DE SALLY NO ME CONVENCÍAN NI PIZCA!

Daba la impresión de que ellos mismos habían **embadurnado** la piedra con sus patas...

Tea exclamó:

—¿No estaréis mintiendo para que gane Sally?

¡¡¡Vamos, decid la verdad!!!

Sally protestó, furiosa:

—¡Veo que no os lo creéis, ¿verdad?! Querida Tea, ¿¿¿no será que estás *celosilla* del **éxito** de Radio Chismosa???

—¡En efecto, Sally tiene razón… Últimamente, los de *El Eco de la Piedra* no habéis dado una! —intervino Zampavestruz—. Y con esta noticia, **Radio Chismosa** se sitúa a un paso, mejor dicho, a una cola del

¡Prehisto-Ratitzer!

—¡Ji, ji, ji! ¿Os ha quedado claro, mis queridos ensucia-losas? ¡No tenéis nada que hacer!

38

Al momento, todos los petropolinenses allí congregados empezaron a aplaudir con ganas, mientras Sally exhibía su habitual sonrisa **PÉRFIDA**.

—Por mil bananillas prehistóricas, ésa se lo tiene muy creído. Pero nosotros le bajaremos los humos, ¿verdad, Geronimillo?

Metomentodo tenía razón…

¡¡¡POR MIL FÓSILES FOSILIZADOS, LA COSA NO IBA A QUEDAR ASÍ!!!

A LA CAZA DE LA NOTICIA

REGRESAMOS a la redacción de *El Eco de la Piedra* sumidos en nuestros pensamientos. Metomentodo exclamó con gran convencimiento:

—¡Por mil bananas prehistóricas, Sally no es una periodista, es una charlatana!

—¡Bien dicho! ¡¡¡Y nosotros descubriremos la verdad!!!

—añadió Tea.

—Pero en realidad, nuestro deber es informar a los lectores de forma **honesta**, sin estar pendientes de lo que hagan los demás —dije yo.

—¡Hermanito, eso no es cierto!

—insistió Tea—. ¡Aquí está en juego el nombre de los Stiltonut, el nombre de *El Eco* y el de todo el **periodismo prehistórico**!

—Pero yo…

—Entonces, ¿no te interesa **DEFENDER** nuestro trabajo?

—Claro, *ejem*… lo que pasa es que…

—¿No quieres darles una buena lección a esos **charlatanes**?

—No es eso, *ejem*, se trata de…

—¡Acabemos con esas cotorras, Ger! No pensarás echarte atrás, ¿¿¿VERDADDD???

—Yo… Claro que no, pero…

—¡Oooh, así me gusta! —concluyó Tea, al tiempo que me daba una vigorosa PALMADA en el hombro.

—¡Empieza la caza de la noticia más importante de la prehistoria!

Dejé escapar un suspiro.

Cuando a Tea se le metía algo en la cabeza, ¡no había modo de hacerla cambiar de idea!

Y, además, también se había apuntado Metomentodo… ¡No tenía escapatoria!

De modo que cuando Tea se LANZÓ a la calle y Metomentodo la siguió, a mí… ¡no me quedó más remedio que ir tras ellos!

—A ver, a ver, a ver, ¿de dónde vamos a sacar una EXCLUSIVA de primera para *El Eco de la Piedra*? —preguntó Metomentodo.

—Mmm… —dijo Tea pensativa—. ¡¡¡Propongo que probemos en la **TABERNA DEL DIENTE CARIADO**!!! Puede que Trampita y Ratania tengan algo *jugoso* que contarnos…

—¡Ya, ya, ya, qué espléndida idea! —aprobó Metomentodo—. En cualquier caso, las noticias no llueven del cielo…

¡PLAFFF!

De pronto, un inmenso tomate maduro me alcanzó en pleno hocico.

Me preguntaba quién podría…

Cerca de la taberna de Trampita, un grupo de roedores le estaba *LANZANDO* todo tipo de verduras a otro roedor, bajo y muy obeso, que iba vestido con mucha *elegancia*.

—Pero ¡si es OTORRINO VOZAROT, el famoso ratontenor! —dijo Tea.

Tenéis que saber que Vozarot es el ratontenor más célebre de la **Edad de Piedra**: su voz, potente y aterciopelada, es conocida en todo el mundo prehistorratónico.

Sin embargo, en ese momento, Otorrino Vozarot permanecía sobre la tarima muy abatido y silencioso.

—¿Qué pasa aquí? —preguntó Metomentodo.

Una roedora, totalmente concentrada en lanzar al escenario hojas de col paleozoica, respondió:

—¡Pasa que Vozarot no es capaz de cantar! En cuanto abre la boca, ¡sólo le salen gritos y silbidos!

—¡NO HAY DERECHO! ¡¡¡HEMOS PAGADO CINCUENTA CONCHEZUELAS POR ESCUCHARTE!!!

—gritó un roedor.

Y le arrojó un puñado de **berenjenas** paleolíticas al pobre Vozarot.

CÓMO ZUMBA EL GARROTILLOOO...

Avergonzado, el ratontenor se aclaró la voz e intentó entonar su bella melodía por enésima vez.

—Cómo zumba el garrotillooo, cuando lo hago giraaar...

Pero ¡su voz era un desastre! ¡Parecía una sinfonía de **UÑAS** de brontosaurio rascando una pared de granito!

—¡Increíble, Vozarot se ha quedado sin voz! —exclamó Tea—. ¡Esto sí que es una **noticia**!

Y, justo en ese momento, ¡*qué casualidad*!...

—¡EDICIÓN EXTRAORDINARIAAA!

—chilló la voz de Sally, desde la roca de Radio Chismosa—. ¡¡¡El famoooso tenooor Vozarot ha perdido la voooz!!! ¡¡¡Se ofrece una fabulooosa recompensa a quien la encueeentre!!!

Pero... pero... pero... ¡Era imposible! ¡¡No podíamos dar crédito!! ¡¡¡La charlatana de Sally acababa de birlarnos aquella noticia **TAN SUPERRATÓNICA** en nuestras propias narices!!!

EL REMEDIO DE LA ABUELA

Todo parecía perdido.

Pero Tea, en lugar de dejarse vencer por el desánimo, ¡tuvo una **idea** genial!

Mientras proseguía el lanzamiento de verduras, mi hermana nos condujo detrás del escenario.

Otorrino Vozarot se había escondido en un rincón para limpiarse el **pelaje**. ¡Pobrecillo, se lo veía desesperado!

Tea se le acercó, lo miró con sus grandes ojos color violeta, agitó las **PESTAÑAS** y le dijo:

—¡Maestro Vozarot, somos sus más incondicionales admiradores! ¡Sentimos muchísimo lo de su **VOZ** y nos haría muy felices que almorzase con nosotros y aceptase nuestro consuelo!

El ratontenor, **SORPRENDIDO** por esas palabras, esbozó una sonrisa y respondió:

—Recórcholis, empezaba a percibir cierto runrún de gazuza…

¡Por mil pedruscos despedregados, tenía un modo de hablar tan **complicado** que no se le entendía ni una corteza de queso! Y, además, su voz sonaba tan estridente…

—¿¿¿QUÉQUÉQUÉ??? ¿¡¿ESTÁ DICIENDO QUE TIENE HAMBRE?!?

¡Pues claro! —exclamó Metomentodo—. Le ha caído encima una montaña de verdura pocha. Al menos, podrían haberle lanzado un **muslo** asado, un queso de cabra paleozoica o, qué sé yo, un par de **ALBÓNDIGAS** de parmesano...

—Sí es así, os concedo el placer de mi compañía —dijo Vozarot, frotándose el barrigón, y añadió—: Ea, dirijámonos, pues, a tomar la colación.

—Pero ¿¿¿cómo habla??? ¡No se le entiende nada de nada! —dijo Metomentodo, dándome un fuerte codazo.

—¡Chissst! Vozarot es muy $susceptible$... ¡¡¡Que no os oiga!!! ¡Además, ha dicho que está encantado de almorzar con nosotros!

—¡AAAH!

Llegamos a la Taberna del Diente Cariado y nos sentamos a una de las mesas mejor situadas.

Trampita se acercó con el MENÚ, y el ratontenor, muerto de hambre, empezó a pedir.

—Veamos, así pues, tomaré un entrante de **PI-MIENTOS** asados con salsa de gorgonzola, veinte **HUEVOS** de pterodáctilo (mejor veintiuno, que uno más nunca estorba), una fuente de carne al horno con ajo y manteca jurásica, **ensalada mixta** con cebolletas y altramuces de la estepa, y de postre dos **mega-tartas de fresa** gigantes, con guarnición de boniatos. ¡Recórcholis! ¡¡Ea!! ¡¡¡Recórcholis!!! —Tras lo cual añadió—: ¡Recórcholis! ¡¡Ea!! ¿Sabéis?, tengo costumbre de almorzar ligerito. ¡Recórcholis!

¡GLUP!

¡¡¡VAYA CON EL ALMUERZO LIGERITO!!!

Vozarot devoró la comida con el apetito de un **TIGRE** de dientes de sable y se lo terminó todo en un suspiro. Cuando acabó, Tea le susurró algo a Trampita al oído y éste se metió en la cocina y salió poco después con tres tazas humeantes.

—Esto es la «Delicia Picante», ¡el digestivo de la casa! —anunció mi primo.

Metomentodo y yo la probamos los primeros.

Mmm…

Por mil fósiles fosilizados, la tisana estaba calentísima, dulcísima y, sobre todo…

¡PICANTÍSIMAAAAAAAA!

Cambié de color y eché a correr entre las mesas con la boca en llamas, hasta que al fin logré hundir el hocico en una jarra de **AGUA** helada.

¡Metomentodo, por su parte, se precipitó fuera del local, rápido como una *flecha*, y se zambulló directamente en las aguas del puerto!

Vozarot parecía disfrutar aquella **bebida**.
¡Y Tea estaba contenta!
—¿Por qué estás tan contenta? —le pregunté, con la **lengua** todavía ardiendo a causa de la Delicia Picante.

—¡Je, je, je! No me diréis que aún no la habéis reconocido —dijo mi hermana.
—¡Pues claro! Ahora lo entiendo…
¡No era la «Delicia picante», sino el remedio de la abuela Torcuata contra el **dolor de garganta**!

ABEJA SAPIENS
SAPIENS

—¡Ya! ¡Agua de Borbotonia, un buen puñado de guindillas paleozoicas y miel balsámica de las famosas abejas Sapiens Sapiens!

—¡¿Eh?! ¿¡¿Abejas Sapiens Sapiens?!? —preguntó Metomentodo, que acababa de volver al salón en ese momento, con el pelaje cubierto de ALGAS.

—Sí, su miel posee excelentes propiedades curativas… —explicó Tea.

—Y con ese sabor tan, *ejem*, contundente y picante (sólo un poco, ¿eh?), ¡podría curar incluso a un T-REX con dolor de garganta! —añadí yo.

Tea dijo:

—Si funciona con Vozarot, el ratontenor podrá volver a cantar —dijo Tea—, ¡y nosotros daremos la noticia antes que Sally! ¡Je, je, je!

En cuanto se hubo terminado aquel **brebaje**, el ratontenor más célebre de la prehistoria dejó escapar un eructo… ¡que hizo temblar las paredes de la taberna!

¡BUUUUUUURRRPPPP!

—¡Recórcholis, disculpadme! —dijo con voz muy profunda.

Por mil tibias de tricerratón, pero... pero... pero... ¡Volvía a tener su **VOZARRÓN** de siempre!

—¡Recórcholis, me ha vuelto la voz! ¡Por fin estoy recuperado! ¡Voy a soltar un *primoroso gorjeo*!

E hizo una auténtica exhibición, entonando un *gorgorito* increíble.

Tea, triunfante, empezó a cincelar su artículo para la edición extraordinaria de *El Eco*. ¡Esta vez nos anticiparíamos a Radio Chismosa, palabra de **roedor prehistórico**!

Vozarot siguió con sus gorjeos, cosechando entusiásticos **aplausos** de los clientes de la taberna. El tenor se exhibió cantando los fragmento más célebres de su repertorio y finalizó con un agudo impresionante:

—¡¡¡RÍETE, MOSQUITOOOOOOOO...!!!

Ejem... El agudo fue tan impresionante, que todas las escudillas, jarras y botellas de la taberna se hicieron **AÑICOS**... ¡junto con la losa donde Tea había escrito su artículo!

¡Oh, no! ¡¡¡Nuestra edición extraordinaria había acabado **hecha pedazos**!!!

¡Y cuando Trampita y Ratania, su socia, vieron sus **VAJILLAS** desintegradas, amenazaron con desintegrarnos a nosotros también!

SALIMOS de la taberna raudos como meteoritos, y en ese instante oímos *de nuevo* la voz de Sally:

—*¡EDICIÓÓÓN EXTRAORDINARIAAAA!*

Otorrino Vozarot ha recuperado la voz… ¿o ha sido la voz quien ha recuperado a Vozarot? ¡¡¡Todos los detalles en la próxima edición!!!

¡¡¡Alto, PREHISTORRATONES SIN CORAZÓN!!!

¡¡¡Por mil huesecillos descarnados, no era posible!!! **Sally** nos la había jugado de nuevo. Las cosas se estaban poniendo realmente mal.

Mientras Tea le sonaba el hocico a Gruñidito, que seguía **RESFRIADO**, Metomentodo y yo aprovechamos para descansar un poco a la sombra de una palmera.

Íbamos a sentarnos en el suelo, cuando…

–¡Quietos! ¡¡¡No lo hagáis!!!

Pero ¿qué…?

A nuestras espaldas había un roedor alto y delgado, con una **pelliza** estampada de flo-

res. Era Primulino Blanca-flor, el **BOTÁNICO** más famoso de Petrópolis.

—¿¡¿Es que por aquí solamente pasan roedores despistados?!? —nos espetó—. ¡Estabais a punto de apoyar vuestros traseros encima de estas rarísimas Rositas Azulonas!

—¿Ah, sí? —dijo Metomentodo, sorprendido.

En efecto, en el suelo se apreciaban dos **briznas de hierba** pelada con unas florecillas resecas. Blancaflor se inclinó sobre la planta:

¡Qué maravilla!

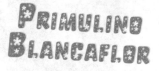

PRIMULINO BLANCAFLOR

—¡Ya ha pasado el peligro, queridas rositas!

—Pero… Veamos, ¿¿¿qué tienen de especial esas *flores secas*???

61

Al instante, una de las flores se dobló de golpe y pisó con mucha fuerza la **PATA** de Metomentodo.

-¡¡¡AYYY!!!

¡¡¡EH!!!

¡¡¡AYYY!!!

—¡Te está bien empleado! —exclamó Blanca-flor—. Las Rositas Azulonas tienen los pétalos durísimos y, además, son muy **susceptibles**. Así que, ¡cuidado con lo que dices!

Tea las observó atentamente:

—¡Nunca había visto… flores como éstas!

—¡Es natural, querida! Las Azulonas *sólo* crecen en el **PANTANO DE MOSKONIA**, el hogar de los tigres de dientes de sable… ¡Es la primera vez que las veo aquí, en la ciudad!

—¡Vaya, vaya, vaya! ¿Y eso es tan **ESPECIAL**?

—Yo diría que sí. Los tigres usan estos pétalos para reforzar sus **garrotes**. ¡Y ahora nosotros podremos hacer lo mismo!

Tea se iluminó.

–¡Oooh!

Esto sí que es una exclusiva…

Entonces, mi queridísima hermana cogió una LOSA (por enésima vez) y se puso a cincelar, superconcentrada.

—Rápido… ¿Podría concedernos una *entrevista*, profesor Blancaflor?

—Bueno, veréis… Antes de cruzarme con vosotros ha pasado por aquí una **roedora** que... ha estado a punto de pisotear las rositas... Una

periodista con una pelliza color fucsia… y entonces… yo…

—¡¡¡OH, NO, NOO, NOOO!!!

Un segundo más tarde, la voz de Sally retumbaba en las calles de Petrópolis… por enésima vez.

—¡EDICIÓN EXTRAORDINARIAAA!

¡Desvelado el secreto de los tigres de dientes de sable! ¡Una flor dura como el **GRANITO**!

¡¡¡Buuuuaaa!!!

¡Eso ya era demasiado! ¡Los **colaboradores** de Sally no podían estar en *todas partes*! Faltaban pocas horas para la entrega del **Pre-histo-Ratitzer**, y Sally nos llevaba una clara ventaja…

—¡ESTÁBAMOS HUNDIDOS, MACHACADOS, EXTINTOS!

¡No ganaríamos jamás de los jamases!

Ya íbamos a regresar a la redacción, cuando nos topamos con un **GRUPO** de roedores que corrían en nuestra dirección.

—¡ABRID PASOOO!
—¡¡PISTAAA!!
—¡¡¡DEJADNOS PASAR!!!

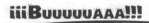
Gruñidito y Tea apenas tuvieron tiempo de apartarse de la calle, mientras que Metomentodo y yo fuimos **arrollados** por aquella oleada prehistorratónica.

—Pero ¿¡¿qué modales son ésos?!? —preguntó mi hermana, con indignación.

Entonces, los roedores se detuvieron y gritaron:

—¡LAS PIEDRAS CRECEN!

—¡¡SALTAN!!

—¡¡¡BRINCAN!!!

—¡Eh, eh, eh, eh, ya basta! —protestó Metomentodo—. ¡¡¿Qué tonterías estáis diciendo?!

Pero los roedores estaban bastante alterados, hablaban todos a la vez y no se les entendía un **PIMIENTO PALEOZOICO**.

—¡Por mil bananas prehistóricas! ¡Tranquilizaos y decidnos qué sucede! —gritó Metomentodo.

Por fin, el que parecía el más anciano del grupo, explicó:

—Somos **PICAPEDREROS**… ¡Venid, venid con nosotros a la cantera y lo veréis!

No sé si lo sabéis (y si no lo sabéis, os lo explico yo), pero la cantera de nuestro poblado, **Petrópolis**, es el lugar de donde los prehistorratones extraemos todo el material para construir nuestros confortables HOGARES y un sinfín de utensilios muy útiles, como las losas de piedra, los cinceles de piedra, los platos de piedra, los cubiertos de piedra, los manteles de piedra, etcétera, etcétera, etcétera.

Una vez llegamos a la cantera, el roedor anciano nos señaló un grupo de **PEDRUSCOS** que sobresalían del suelo.

—Nosotros trabajamos aquí. Apenas habíamos acabado el descanso, cuando las piedras han empezado a moverse…

69

¡Venid!

—... ¡una tras otra! ¡¡¡Crecían como **SETAS**!!! —dijo otro.

—¡¡¡Y no sólo eso: saltaban, brincaban, se balanceaban!!! —concluyó un tercer **roedor**.

Sus compañeros asintieron con cara seria.

Y entonces a Tea se le iluminó la mirada.

—*¡Piedras moviéndose!* ¡Pues esto podría ser una **EXCLUSIVA** fantástica!

Decidimos **APOSTARNOS** en el lugar y esperar a ver qué sucedía…

¡Tea tenía razón, era una oportunidad perfecta para vencer a Sally!

Pero pasó el rato, y en la cantera no sucedía **NADA DE NADA**.

—Ejem… ¿Estáis seguros, seguros, seguros de lo que habéis visto? —les preguntó Metomentodo a los picapedreros.

—**¡Síííííí!** —asintieron ellos.

—Pues yo no veo nada —dijo Tea, suspirando.

—¿Sabéis qué? ¡Me aburro como una ostra! —resoplé, sentándome sobre una roca—. ¡Me duelen las patas, tengo calor, me PICA la nariz y aquí no pasa nada de nada de nada!

¡UF!

71

Y en ese preciso instante…

¡BUUUUUUAAAAAA!

—¡Vamos, vamos, Geronimo, no creo que haya motivos para echarse a llorar de ese modo!

¡BUUUUUUAAAAAA!

—Pero ¡si yo… n-n-no… es-es-estoy llorando, Metomentodo! —respondí, **PÁLIDO** como una *mozzarella* paleozoica.

De pronto, la roca sobre la que estaba sentado empezó a **elevarse**. Primero casi imperceptiblemente… luego cada vez más.

Ahora sí que me hubiera echado a llorar…

…¡¡¡DEL CANGUELOOOOO!!!

La roca sobre la que estaba sentado volvió a elevarse un par de colas más.

POR MIL HUESECILLOS DESCARNADOS, ¿¿¿QUÉ ESTABA PASANDO???

Bajo la atónita mirada de todos los presentes, las otras piedras empezaron a levantarse a varias colas de altura, y yo me vi lanzado de una roca a otra como un saco de patatas paleozoicas.

¡¡¡No os imagináis qué **CANGUELO**, no os imagináis qué **TERROR**, no os imagináis qué **DOLOR** en el trasero!!!

¡¡¡SOCORROOOOOOO!!!

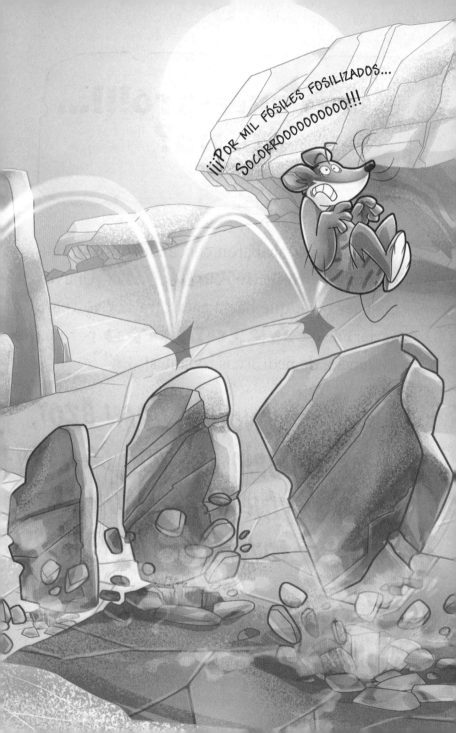

¡¡¡TERREMOTO!!!... ¿O NO?

Algunas rocas acabaron chocando entre sí, causando un terrorífico efecto *DOMINÓ*. ¡Una hacía caer otra, que hacía caer otra… y yo (para variar) acabé **ARROLLADO** por una avalancha de pedruscos rodantes!

POR EL TRUENO DEL GRAN BZOT, ¿¿¿ACASO HABÍA LLEGADO LA HORA DE MI EXTINCIÓN??? ¡AÚN ERA DEMASIADO JOVEN PARA ACABAR ASÍ!

—¡¡¡Hermanitooo!!! —gritó Tea.

—**¡¡¡Estoy aquí!!!**
—chillé desde debajo de
una montaña de rocas
hechas añicos.
Al fin logré sa-
lir de aquella
pila de **ES-
COMBROS**
con el pelaje blancuzco
y una colección de **CHICHONES** en el trasero.
Estaba sano y salvo, aunque, a decir verdad, me
sentía mejor antes de que todo aquello sucediera...
—¡Oh, afortunadamente estás vivo!
—exclamó Tea—. Entonces miró a su alrededor
y dijo en voz baja, la mar de contenta—: ¡¡¡Así
pues, es verdad que las piedras se mueven!!!

¡Esto sí que es una noticia!

—¡¿Tea?! ¡¿Has sido tú?!

—¡No he sido yo, Geronimillo! ¡El ruido viene de aquí! —exclamó Metomentodo desde el fondo de la cantera, pegando la oreja a un montón de PIEDRAS caídas.

Metomentodo tenía razón.

Tea y yo también fuimos hasta allí y los tres nos pusimos a EXCAVAR, piedra a piedra, roca a roca, pedrusco a pedrusco.

Después el llanto cesó, pero en contrapartida la tierra empezó a temblar.

¡Por mil huesecillos descarnados, esto parece un terremotooo!

¡¡¡S<small>OCORROOO</small>!!!

Me guarecí tras una roca, con los bigotes zumbándome del canguelo. Ya sabéis que soy un ratón muy **CAGUETA**, ¡¡¡no lo puedo evitar!!!

Pero… ¡de **terremoto**, nada! En cuanto la tierra dejó de temblar, del suelo surgió nada menos que… ¡un **EXCAVASAURIO**!

No sé si sabéis que el excavasaurio es un animal prehistórico bastante reservado, al que le encanta moverse **bajo tierra**; posee unas poderosas GARRAS con las que excava galerías muy largas y profundas. Pero también es bastante corto de vista, y se desorienta con muchísima facilidad…

¡¡¡PUES CLARO!!!

¡Ahora entendía por qué se había echado a llorar! No ENCONTRABA el camino a casa. Y con las rocas de la cantera que lo bloqueaban bajo tierra (impidiéndole salir a la superficie), se sintió atrapado. ¡¡¡Pobrecillo!!! Metomentodo, Tea y yo nos acercamos, movidos por la curiosidad. ¡Aquel animalote tenía un aspecto tan gracioso, que nos cayó simpático al momento!

En cuanto nos vio, el excavasaurio empezó a bailar muy feliz, celebrando su liberación con danzas y cabriolas.

¡POR MIL PEDRUSCOS DESPEDREGADOS, ESTABA LA MAR DE CONTENTO!

Tea, en cambio, parecía abatida. Nunca la había visto tan baja de moral.

—Ni **EXCLUSIVA** prehistórica… ni piedras que se mueven… Esta vez hemos **PINCHADO**, chicos. ¡Empiezo a estar convencida de que el Prehisto-Ratitzer será para Sally!

¡LA GRAN EXCLUSIVA!

A continuación de explicarle al excavasaurio qué **DIRECCIÓN** debía tomar para salir de la cantera, nos quedamos mirando cómo volvía a meterse bajo tierra.

La verdad era que, después de haberlo ayudado, todos nos sentíamos con el **corazón** más ligero, pero estábamos de nuevo en el punto de partida: ¡necesitábamos una **EXCLUSIVA** para derrotar a Radio Chismosa!

Así pues, nos despedimos de los picapedreros y nos pusimos manos a la obra, en busca de noticias sensacionales…

PERO ¿¿¿POR DÓNDE EMPEZAR???

Decidimos ir al río, a fin de aclararnos las ideas. Un buen **CHAPUZÓN** nos infundiría renovadas energías. Y, además, tenía muchas ganas de lavarme, para sacarme de encima el polvo de la cantera.

Encima, Gruñidito, que caminaba a mi lado, no paraba de reírse bajo los bigotes, bigotes, en plan burlón… ¡¡¡Uf, ya no podía más!!!

JI, JI, JI…

¡BRRR!

Tea nos condujo a una zona del río resguardada, donde la corriente era escasa, el fondo limpio y había poca profundidad: ¡el lugar IDEAL para un baño!

En dos saltos, me planté en la orilla, ágil como un cangurosaurio. Ya iba a LANZARME al agua con otro salto digno de un delfinosaurio, cuando resbalé con una piedra y fui a parar al río, dándome un buen golpe en el trasero…

¡AYYYYY!
¡QUÉ DOLOR TAN MEGALÍTICO!

—Pero ¡si eres Stiltonut! ¡Geronimo Stiltonut!
Era Umpf Umpf, el inventor del poblado.
—Umpf Umpf, ¿qué estás haciendo aquí?

—JE, JE, JE… ¡¡¡VEN Y LO VERÁS CON TUS PROPIOS OJOS!!!

Mientras Tea, Metomento-
do y Gruñidito chapo-
teaban felices, yo seguí
a Umpf Umpf hasta un
saliente rocoso
que dominaba el río. En
el punto más alto descolla-
ba una **TORRE** hecha con
rocas.

UMPF UMPF

—¿Cómo has logrado
construir una torre tan… alta? —le pregunté, bastante perplejo.

Umpf Umpf sonrió complacido y respondió:

—¡Todo el mérito es del APIÑAPIEDRAS!

—**¿APIÑAPIEDRAS?**

Detrás de la torre de rocas distinguí un extraño
artilugio.

Umpf Umpf se aproximó y empezó a girar una
RUEDA de piedra.

—Gracias al apiñapiedras, puedo levantar enormes **PEDRUSCOS** con toda facilidad. ¡Mira!

Umpf Umpf accionó una **MANIVELA**, y la roca que colgaba de la polea empezó a **elevarse**.

¡¡¡YA ESTÁ!!!

¡OOOH!

Después, con una maniobra perfecta, el inventor depositó la piedra en la **PILA** de rocas.

—¡Y esto no es nada! ¡¡¡Pienso construir una torre aún más alta!!! ¡Y encenderé una *HOGUERA* en la cima, para iluminar el camino a quienes naveguen de **NOCHE** por el río!

No daba crédito a lo que estaba oyendo: ¡aquel invento era *genial*! No sólo eso: ¡era el primer invento **VERDADERAMENTE ÚTIL** de Umpf Umpf!

¡¡¡Y ÉSA SÍ QUE ERA UNA EXCLUSIVA PREHISTÓRICA!!!

¡¡¡TODOS LOS DETALLES EN LA CRÓNICAAA!!!

Corrí a informar a Tea y Metomentodo. Mientras Tea *cincelaba* su artículo, yo entrevisté a Umpf Umpf y grabé un esbozo del apiñapiedras. Mi hermana terminó su artículo justo cuando se ponía el ☀ SOL. ¡Teníamos poquísimo tiempo para dar la noticia antes del premio!

Tea se quedó en el ⌒ río con Umpf Umpf, mientras Metomentodo y yo galopábamos a lomos de Gruñidito en dirección a Petrópolis.

En cuanto cruzamos la EMPALIZADA, Metomentodo se volvió rápidamente hacia mí, muy inquieto…

—¡Agacha la cabeza, Geronimito! —me ordenó, de inmediato.

¡FIIIIIIIIIUUUUU!

—¿Cómo? ¿¿Qué?? ¿¿¿Quién???

¡Por mil fósiles fosilizados, justamente nos acababa de pasar algo por encima de nuestras cabezas! Pero ¿¿¿qué???

Alcé la vista y vi a **ZIPA**, la hembra de pterodáctilo de Encendedino, el guardián del **FUE-GO** de Petrópolis.

Todos los días, tras el OCASO, Encendedino y Zipa hacían la ronda por la ciudad para encender las antorchas e iluminar las calles. Cuando Metomentodo y yo llegamos a la Plaza de la Piedra Cantarina, **Petrópolis** ya estaba iluminada para la noche, pero ¡no se veía **un solo ratón** en los alrededores del poblado!

De modo que, para llamar la atención de los petropolinenses, empecé a *GRITAR* con todas mis fuerzas:

—¡¡¡EDICIÓN EXTRAORDINARIA DE EL ECO DE LA PIEDRAAA: UMPF UMPF HA INVENTADO ALGO ÚTIL!!!

¡Repetí el anuncio una vez, y otra, y otra, y otra… pero **NADIE** salió de su casa!

—¿¿¿No me habéis oído??? —pregunté.

—Déjalo de mi cuenta —me dijo Metomentodo.

Se aclaró la garganta y, antes de que pudiera replicarle, se puso a gritar a voz en cuello:

—¡VAYA, VAYA, VAYA, PERO SI AQUÍ TENEMOS EL QUESO DE BOLA MÁS GRANDE DE LA PREHISTORIA! ¡¡¡NO SE LO DIGAMOS A NADIE!!!

93

Al cabo de un instante, en la plaza se había congregado una muchedumbre de roedores BABEANTES y con los bigotes temblorosos que ya estaban gozando por anticipado del irresistible perfume del queso.

—¡¿DÓNDE ESTÁ EL QUESO?!
¡¡¡DANOS EL QUESO!!!

¡¿DÓNDE ESTÁ?! ¡DANOS EL QUESO! ¡¡¡QUESO!!!

—¡QUE-SO! ¡¡¡QUE-SO!!! —gritaban otros, como un solo ratón.

POR MIL HUESECILLOS DESCARNADOS, ¿¿¿Y AHORA, QUÉ???

Pero Metomentodo parecía tener la situación bajo control.

Inmóvil ante aquella horda famélica, señaló el **cielo** con cara de bobo y dijo:

—¿¿¿Acaso no lo estáis viendo, paisanos??? ¡Allí arriba es **enorme**, **COLOSAL**, **INMENSO**!

Todos alzaron la vista. Pero en el cielo sólo había una luna llena superratónica.

Zampavestruz Uzz, el jefe del poblado, tomó la palabra.

—Pero ¡si eso es la **LUNA**! Querido Meto-mentodo, ¿seguro que te encuentras bien?

—Ya, ya, ya, debo de haberme confundido... Es que, ¿sabéis?... estoy EMOCIONADÍSI-MO... porque... os lo diré ahora mismo... porque, porque, porque... ¡Aquí lo pone!

Me arrancó de las patas la LOSA de *El Eco de la Piedra* y empezó a gritar:

—... ¡PORQUE AL FIN UMPF UMPF HA INVENTADO ALGO ÚTIL! ¡UN PEQUEÑO PASO PARA EL RATÓN, UN GRAN PASO PARA EL PREHISTORRATÓN!

¡Todos los detalles en *El Eco de la Piedra*!

Y EL GANADOR ES...

Los petropolinenses se miraron unos a otros, muy desconcertados.

—¡¿Eh?! ¿¿¿Hemos oído bien???

—¿¡¿Algo **ÚTIL**…

—… inventado por Umpf Umpf?!?

Mientras tanto, llegó **Sally**.

Cogió la losa al vuelo y leyó el artículo de un tirón. Luego se puso blanca, después de color violeta y al final verde… como un T-REX furioso.

—¿¡¿Cómo es posible que yo no me haya enterado?!? ¡¡¡Esta noticia es falsa, **SEGURÍSIMO**!!! —bramó, fuera de sí.

—Vaya, ¿¿¿precisamente tú te atreves a hablar de noticias falsas??? —le espetó Metomentodo.

—Escuchadme. Hay un modo de saber
si los Stiltonut dicen la verdad. ¡Vaya-
mos todos a ver a **UMPF UMPF**!
—propuso Zampavestruz.

—¡Muy bien, todos al río! —dijo
Metomentodo, decidido.

Una pequeña MULTI-
TUD de petropolinenses
se puso en marcha tras nuestros pasos.

Mientras tanto, Umpf Umpf
no sólo había acabado de construir su **TORRE**, sino que
también había encendido un
gran **FUEGO** en lo más alto.
El jefe del poblado se quedó
sin habla.

—Pero ¡¡¡realmente es un invento superratónico!!! ¡A par-

99

tir de hoy, las barcas que naveguen de noche podrán ver con toda claridad adónde van!

Los **petropolinenses** prorrumpieron en un calurosísimo aplauso.

Luego, Zampavestruz se aclaró la voz y siguió con su discurso:

—En vista de la importancia de la torre y del hecho de que POR FIN Umpf Umpf ha inventado algo útil…

Tea escuchaba impaciente esas palabras, mientras Sally se CONSUMÍA de rabia.

—… ¡proclamo vencedores del Prehisto-Ratitzer a *El Eco de la Piedra* y su director, Geronimo Stiltonut!

¡El aplauso aún fue más caluroso, e iba dirigido a mí! Yo, *ejem*, me puse COLORADO como una guindilla paleozoica… La verdad (debo reconocerlo), es que soy un ratón muy tímido… ¿y vosotros?

Tea abrazó a Me-
tomentodo, que
se derritió como
un **QUESITO**
prehistórico al
sol del medio-
día, mientras
Gruñidito
SALTABA

a los brazos de Zampavestruz y empezaba a dar
BOTES como un cangurosaurio de fiesta.
Pero en un momento dado, Gruñidito dejó de
saltar, se rascó la nariz y…

AAAAAAAAAAAA…
¡¡¡AAAAAAAAAAAAAAACHÍÍÍÍÍÍÍÍÍÍÍS!!!

¡Soltó el estornudo más mastodóntico de toda la
prehistoria!

Fue un estornudo impresionante… que se **LLEVÓ POR DELANTE** bigotes, gorros, pellizas y abrigos y… pobres de nosotros, ¡también la torre de Umpf Umpf!

Por efecto de aquel vendaval dinosáurico, la pila de rocas empezó a moverse, **BALANCEARSE** y temblar. Y, temblando por aquí, temblando por allí, temblando por arriba, temblando por abajo, al final… ¡empezó a **CAEEEEER**!

Se desató una lluvia prehistórica de piedras sobre nuestras cabezas.

Una cayó sobre mi **cola**, otra acabó en la **co-**

¡**BONC**!

COROTA de Metomento-
do, otra no alcanzó de lleno
a Zampavestruz porque en
el último momento se arrojó
al río...

Pronto, la creación de Umpf Umpf,
su único invento útil, se vino abajo
con un ESTRUENDO colosal.
Y la última piedra, aquella sobre la que
ardía el fuego, cayó derechita sobre
el apiñapiedras, que acabó destruido,
ahumado y QUEMADO como
un muslazo demasiado cocido.

¡¡¡POR MIL HUESECILLOS DESCARNADOS, QUÉ DESASTRE TAN MEGALÍTICO!!!

Cuando Umpf Umpf volvió a emerger
de entre la montaña de piedras, dijo
(frotándose los chichones):

—Ejem, me parece que tendré que hacerle algún pequeño retoque a mi invento, ejem, ejem, ejem...

—¡¿*PEQUEÑO?!* —grité yo—. ¡¡¡Creo que te queda mucho, muucho, muuucho trabajo por delante, inventor del tres al cuarto!!!

Zampavestruz añadió:

—¡Umpf Umpf, tu invento no es un invento! Ni siquiera es una apiñapiedras, es un...

... ¡aplastarratas!

—Y concluyó—: ¡Escuchad, petropolinenses! ¡En vista de que el único invento útil de Umpf Umpf ha acabado hecho añicos, la **EXCLUSIVA** de los Stiltonut queda anulada! ¡¡¡El Prehisto-Ratitzer será para Radio Chismosa por la extraordinaria noticia sobre la base del ARCOÍRIS y por las otras noticias dadas durante las últimas horas!!!

Tras lo cual, el **premio** Prehisto-Ratitzer (una pesadísima piedra redonda, llevada por cuatro roedores) le fue entregado a Sally, que **sonreía**, más hinchada que un pavo real.

—¡Vamos, aplaudidme! ¡Agasajad a la periodista más **hábil**, brillante, famosa y veraz de Petrópolis, más aún… de toda la Edad de Piedra!

—¡Vaya, vaya, vaya! —exclamó Metomentodo de pronto—. ¿¿¿Ésta no es la piedra que estaba en la base del arcoíris???

¡POR FIN LES SACAMOS LOS COLORES!

¡¡¡POR MIL FÓSILES FOSILIZADOS, METOMENTODO TENÍA RAZÓN!!!

Entre las piedras caídas de la torre de Umpf Umpf había una **igual, igual, igual** (¡casi diría que idéntica!) a la que había descubierto Sally.

—¡Y aquí… hay otra! —gritó mi querida hermana Tea.

—¡¡Y otra aquí **abajo**!!

—¡¡¡Y otra aquí **arriba**!!! —exclamó un tercer roedor.

Todos estábamos perplejos.

Sin embargo, el que se mostraba más incrédulo era Umpf Umpf.

—Pero… pero… ¡si yo sólo he usado aquellas piedras de allí! —y añadió—: ¡Quiero decir, ejem, las que he encontrado en ese **bosquecillo**!

—Y señaló un grupo de árboles bajos a la orilla del río.

Todos nos acercamos intrigados.

El bosquecillo estaba formado por un grupo de esbeltos **ARBOLITOS** con las **RAMAS** cargadas de frutos.

Primulino Blancaflor, el botánico de la ciudad, estaba admiradísimo.

—¡Ooooh… son raros ejemplares de **IRISO-COCO**! ¡Y éstos son sus frutos, mirad!

En efecto, de las ramas de los arbolillos colgaban unas grandes **BAYAS** multicolores.

El botánico de Petrópolis siguió explicando, con tono profesional:

—Las bayas maduras, que tienen los colores del arcoíris, deben haber caído sobre estas piedras, manchándolas. ¡¡¡Por eso las rocas han adquirido los **COLORES** del arcoíris!!!

Entre el público se alzó un murmullo.

—Ya, ya, ya… Entonces, la piedra que descubrió Sally, ¡simplemente estaba **MANCHA-DA**… de irisococo! —dedujo Metomentodo.

—¡Por lo tanto, de base del arcoíris, nada! ¡¡De **NOTICIA SENSACIONAL**, nada!! ¡¡¡De Prehisto-Ratitzer, nada!!! —exclamó mi hermana Tea.

La multitud de petropolinenses empezó a murmurar y estrechar el cerco en torno a Sally, que masculló:

—¡Será una broma, ¿no?! ¡Mis colaboradores y yo somos periodistas

HONESTÍSIMOS, CORRECTÍSIMOS, IMPECABILÍSIMOS!

Pero los petropolinenses, cada vez más convencidos del engaño, recogieron bayas maduras y se las **ARROJARON** a Sally y sus colaboradores, que salieron por patas.

En ese momento, **Zampavestruz** se aclaró la voz y dijo con aire azorado:

—Así pues, ejem… la exclusiva de Sally Rausmauz también queda anulada. De modo, que el premio es, ejem… ¡para **PRIMULINO BLANCAFLOR**! —declaró con aire confuso.

EL IRISOCOCO

CARACTERÍSTICAS:
TRONCO ESBELTO
Y HOJAS ANCHAS,
IDEALES PARA COLGAR
UNA HAMACA DEBAJO
Y ECHAR UNA CABEZADITA.

DA UNOS FRUTOS
DE VIVOS COLORES,
PROBABLEMENTE INSÍPIDOS
(POR CIERTO, SE BUSCAN
VOLUNTARIOS QUE SE ATREVAN
A PROBARLOS Y NOS DIGAN A QUÉ SABEN).

CRECE EN LUGARES FRESCOS Y HÚMEDOS Y
LE ENCANTA QUE LE HABLEN DEL TIEMPO
Y LE CUENTEN CUENTOS PARA DORMIR.

SU SUEÑO OCULTO: ¡LE GUSTARÍA
CONVERTIRSE EN UN ROBLE MILENARIO!

Los petropolinenses se lo quedaron mirando muy perplejos.

—No, ¡disculpadme! ¡El premio es para el irisococo! Quiero decir… ¡¡¡No, para el arcoíris!!! No, no, no: hemos ganado todos los presen…

—Pero ¡¿qué embrollo es éste, TESORO mío?! —lo interrumpió su mujer, Chataza Uzz, tapándole la boca.

Tenéis que saber que Chataza, por su envergadura y sus maneras, es una roedora muy, muuy, muuuy convincente.

De modo que decidió hacerse cargo de la situación: le propinó un enérgico EMPUJÓN a Zampavestruz, y dijo sin titubear:

—¡¡¡Oídme, paisanos!!! ¡¡¡Gracias al descubrimiento del irisococo, los Stiltonut han podido demostrar que la noticia de Sally era falsa, pero que muy, muy falsa!!! ¡Por tanto, el PREHISTO-RATITZER es para *El Eco de la Piedra* por su

exclusiva sobre el irisococo… y por haber desenmascarado a la tramposa de Sally!

-¡BRAAAVOOOOOOO!

—gritaron todos los petropolinenses, como un solo ratón.

Entonces, Zampavestruz, con gesto solemne, ordenó que depositaran el **premio** ante Tea, Metomentodo y un servidor.

—Que así sea, ejem… ¡Mis felicitaciones para los Stiltonut! ¡Y feliz **cumpleaños**! Ejem, quiero decir, mi enhorabuena… y ¡qué tengáis una gran prehistodescendencia!

¡¡¡POR MIL TIBIAS DE TRICERRATÓN, ZAMPAVESTRUZ HABLABA SIN TON NI SON Y NADIE ERA CAPAZ DE ENTENDER UNA PIEDRA!!!

En cualquier caso, una cosa era cierta: por fin lo habíamos logrado. *El Eco de la Piedra* había

GANADO el Prehisto-Ratitzer, ¡el premio periodístico más prestigioso e importante de la Edad de Piedra!

Y así, cuando recibimos el premio, lo **levantamos** para celebrarlo, o al menos… lo intentamos… ¡porque la verdad es que pesaba **MUCHÍSIMO**, uf!

¡TRES HURRAS PARA GERONIMO!

Los petropolinenses nos llevaron a HOMBROS.

—Viva *El Eco de la Piedra*, hip, hip…

—**¡HURRA!** —gritaron al unísono, lanzándonos al aire.

Volé por encima de sus cabezas, cerrando los ojos **ATERRORIZADO**, mientras Tea daba volteretas en el aire, grácil como una mariposa de Cromañón. Metomentodo nos miraba, satisfecho por haber resuelto aquel caso gracias a su proverbial olfato detectivesco.

¡Cuando acabaron los festejos ya era noche cerrada y estábamos exhaustos!

Y puesto que los roedores encargados de transportar el **PREHISTO-RATITZER** estaban dormidos sobre la hierba, nos tocó a nosotros (con la ayuda de Umpf Umpf) acarrear el premio hasta la redacción.

¡¡¡Y, CREEDME, FUE UN VERDADERO AGOTAMIENTO PREHISTÓRICO!!!

Cuando por fin llegamos a *El Eco de la Piedra*, ya salía el sol, ¡y estábamos hechos polvo, rendidos, **DESTROZADOS**!

—Nada de apiñapiedras —dijo un *jadeante* Umpf Umpf, mientras se dejaba caer en el suelo—. ¡Mi próximo invento servirá para que los roedores puedan **TRANSPORTAR** objetos sin esfuerzo!

—¡Por mil bananas prehistóricas! —le respondió Metomentodo—. En cuanto lo hayas inven-

tado, házmelo saber… **¡¡¡Seré el primero en usarlo!!!**

Pero Umpf Umpf ya no se enteró. ¡Se había dormido al instante y **roncaba** tan fuerte que tuvimos que irnos de la redacción para no oírlo! Exhaustos, nos arrastramos entre **BOSTE-ZOS** por las calles de Petrópolis, con las piernas más flojas que un queso fresco paleolítico.

Al llegar a casa de Tea, nos separamos. Metomentodo se despidió y yo me acerqué a Gruñidito. ¡La verdad es que no era el **DINOSAURIO** más simpático de las tierras emergidas, pero, hasta cierto punto, sin él (¡¡¡y su estornudo catastrófico!!!) jamás habríamos descubierto la maquinación de Sally!

—Gracias, **Gruñidito**. ¡Tu ayuda nos ha sido muy valiosa! ¡Lo digo de corazón, ¿eh?!

Parecía contento al oír mis palabras y se dejó acariciar como un **afectuoso** cachorrillo.

Pero poco después, empezó a hincharse como un balón y...

AAAAAAAAAAA...

AAAAAAAAAAA...

—¡¡¡Por mil huesecillos, no, noo, nooo!!!

¡¡¡AAAAAAAAAAAAACHÍÍÍÍÍS!!!

El enésimo estornudo me embistió de lleno, despeinándome los bigotes ¡y arrancándome casi por completo mi **pelliza verde**!

Me quedé aturdido unos instantes y a continuación fui yo quien estornudó:

—¡AACCHÍÍS!

¡Oh, no! ¡Al final también me había resfriado!

Gruñidito esbozó una sonrisita divertida, y yo... yo hubiera estado encantado de convertirlo en comida para T-Rex, pero estaba muy **CANSADO**, así que, hecho polvo, estornudando sin cesar y con la nariz goteante, me fui a mi **caverna**.

Después de todo, entre **METEORITOS**, terremotos, T-Rex y tigres de dientes de sable, ¡en la prehistoria hay males mucho peores que un **RESFRIADO**!

Palabra de…

¡¡¡AAACCCHÍÍÍÍÍS!!!

… Glup, disculpad…

¡Palabra de Stiltonut, Geronimo Stiltonut!

Índice

Geronimo Stilton

**Marca en la casilla correspondiente los títulos
que tienes de todas las colecciones de Geronimo Stilton:**

Colección Geronimo Stilton

Libros especiales

- [ ] En el Reino de la Fantasía
- [ ] Regreso al Reino de la Fantasía
- [ ] Tercer viaje al Reino de la Fantasía
- [ ] Cuarto viaje al Reino de la Fantasía
- [ ] Quinto viaje al Reino de la Fantasía
- [ ] Sexto viaje al Reino de la Fantasía
- [ ] Séptimo viaje al Reino de la Fantasía
- [ ] Octavo viaje al Reino de la Fantasía
- [ ] Viaje en el Tiempo
- [ ] Viaje en el Tiempo 2
- [ ] Viaje en el Tiempo 3
- [ ] Viaje en el Tiempo 4
- [ ] Viaje en el Tiempo 5
- [ ] La gran invasión de Ratonia
- [ ] El secreto del valor

Grandes historias

- [ ] La isla del tesoro
- [ ] La vuelta al mundo en 80 días
- [ ] Las aventuras de Ulises
- [ ] Mujercitas
- [ ] El libro de la selva
- [ ] Robin Hood
- [ ] La llamada de la Selva
- [ ] Las aventuras del rey Arturo
- [ ] Los tres mosqueteros
- [ ] Tom Sawyer
- [ ] Los mejores cuentos de los hermanos Grimm
- [ ] Peter Pan
- [ ] Las aventuras de Marco Polo
- [ ] Los viajes de Gulliver
- [ ] El misterio de Frankenstein
- [ ] Alicia en el País de las Maravillas

Los prehistorratones

- [ ] 1. ¡Quita las zarpas de la piedra de fuego!
- [ ] 2. ¡Vigilad las colas, caen meteoritos!
- [ ] 3. ¡Por mil mamuts, se me congela la cola!
- [ ] 4. ¡Estás de lava hasta el cuello, Stiltonout!
- [ ] 5. ¡Se me ha roto el trotosaurio!
- [ ] 6. ¡Por mil huesecillos, cómo pesa el brontosaurio!
- [ ] 7. ¡Dinosaurio dormilón no atrapa ratón!
- [ ] 8. ¡Tremendosaurios a la carga!
- [ ] 9. Muerdosaurio en el mar... ¡tesoro por rescatar!
- [ ] 10. ¡Llueven malas noticias, Stiltonut!

Cómic Geronimo Stilton

- [ ] 1. El descubrimiento de América
- [ ] 2. La estafa del Coliseo
- [ ] 3. El secreto de la Esfinge
- [ ] 4. La era glacial
- [ ] 5. Tras los pasos de Marco Polo
- [ ] 6. ¿Quién ha robado la Mona Lisa?
- [ ] 7. Dinosaurios en acción
- [ ] 8. La extraña máquina de libros
- [ ] 9. ¡Tócala otra vez, Mozart!
- [ ] 10. Stilton en los Juegos Olímpicos
- [ ] 11. El primer samurái
- [ ] 12. El misterio de la Torre Eiffel
- [ ] 13. El tren más rápido del oeste
- [ ] 14. Un ratón en la luna
- [ ] 15. ¡Uno para todos y todos para Stilton!
- [ ] 16. Luces, cámara y... ¡acción!

Tea Stilton

- [ ] 1. El código del dragón
- [ ] 2. La montaña parlante
- [ ] 3. La ciudad secreta
- [ ] 4. Misterio en París
- [ ] 5. El barco fantasma
- [ ] 6. Aventura en Nueva York
- [ ] 7. El tesoro de hielo
- [ ] 8. Náufragos de las estrellas
- [ ] 9. El secreto del castillo escocés
- [ ] 10. El misterio de la muñeca desaparecida
- [ ] 11. En busca del escarabajo azul
- [ ] 12. La esmeralda del príncipe indio
- [ ] 13. Misterio en el Orient Express
- [ ] 14. Misterio entre bambalinas
- [ ] 15. La leyenda de las flores de fuego
- [ ] 16. Misión flamenco
- [ ] 17. Cinco amigas y un león
- [ ] 18. Tras la pista del tulipán negro
- [ ] 19. Una cascada de chocolate

Tenebrosa Tenebrax

- [ ] 1. Trece fantasmas para Tenebrosa
- [ ] 2. El misterio del castillo de la calavera
- [ ] 3. El tesoro del pirata fantasma
- [ ] 4. ¡Salvemos al vampiro!
- [ ] 5. El rap del miedo
- [ ] 6. Una maleta llena de fantasmas
- [ ] 7. Escalofríos en la montaña rusa

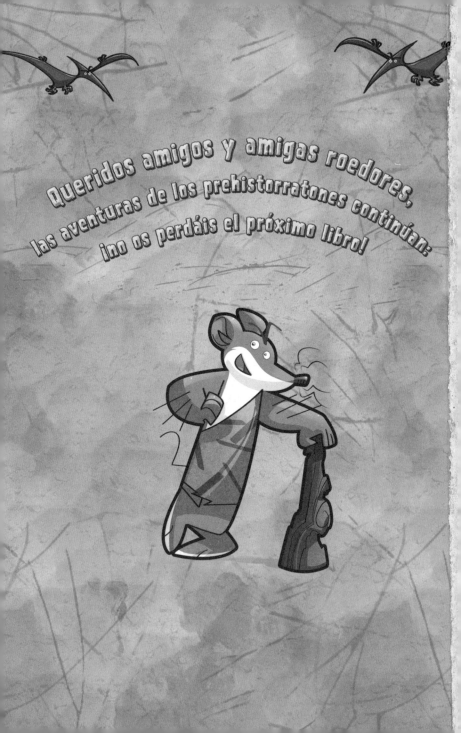